—— 日語能力，快速升級版 ——

世界最簡單
日語短句
一次學會，一生受用

附QR碼線上音檔
行動學習‧即刷即聽

朱燕欣・田中紀子
◎合著

日語超短句，看完就能說、能寫

哈福

本書構成和使用方法

■ 構成

九格短句 線上MP3錄音按照箭頭順

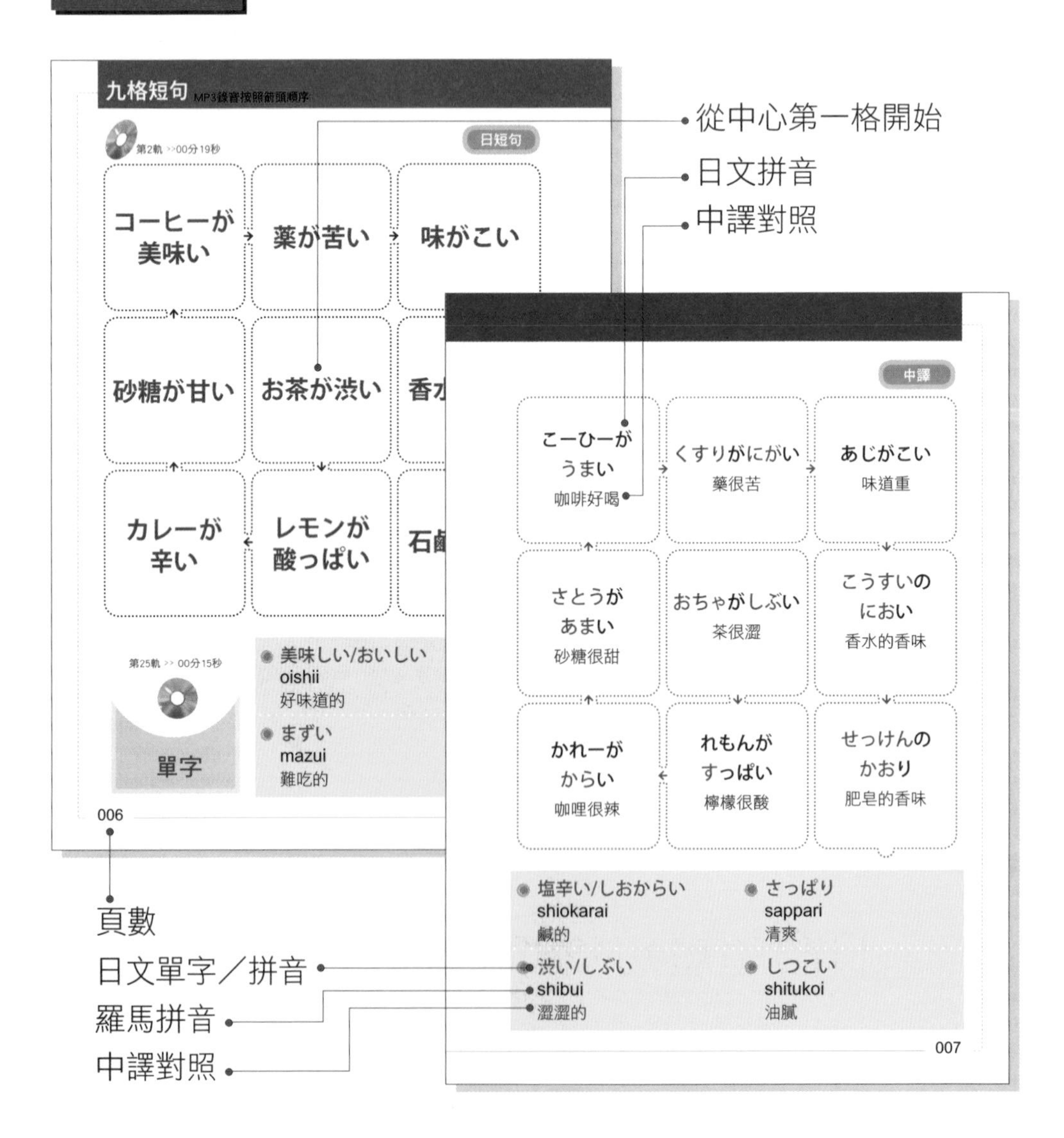

短句組合

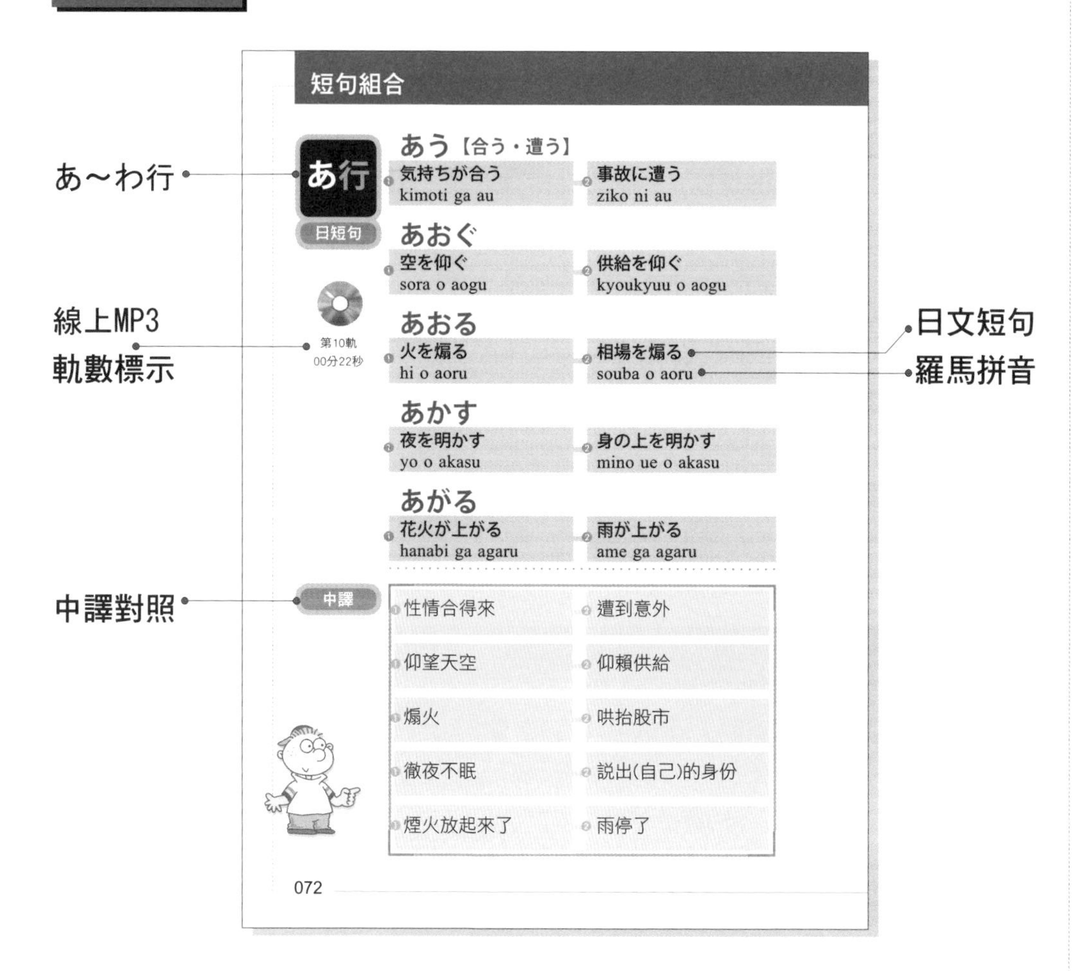

■ 使用方法

略讀 ....首先一次兩頁進度。

聽線上MP3 .....按照頁眉所記軌數和秒數，搭配線上MP3熟悉正確發音。

發音 ....發出聲音，練習句子。並將更多單字套入活用。

聽線上MP3 .....重聽線上MP3記住音調，比照自己的發音糾正。

前言

日語超短句　看完就能說、能寫

◆ 九格連鎖排列，超好記

- ◆ 日語單字之後，進階短詞、短句
- ◆ 分類、替換學習，快速學好日文
- ◆ 本書絕對是學好日語的最快捷徑
- ◆ 囊括あ到わ，短句組合、應用集大成
- ◆ 讓您放膽出國，和日本人聊不停

【本書最適合你!】

- ◆ 同類單字集中記憶，效果相乘
- ◆ 自動詞他動詞，組合造句
- ◆ 羅馬拼音，開口就能說
- ◆ 跟聽跟讀，日語發音很標準

【本書特色】

1. 初學日語的進階寶典
   收錄日本最流行日語超短句，九格連鎖排列，超好記，簡單替代，日語進步一日千里。
2. 從あ到わ，短句組合、應用集大成
   利用80/20法則，本書1000個日語超短句，含蓋80%必備日語，聽說讀寫一定強！
3. 重拾日語的快速捷徑
   單字之後，進階學短詞、短句；分類、集中記憶，情境替換，立馬說日文、寫日文。
4. 耳熟線上MP3，勝過臨時查字典
   複誦教學，日籍老師慢速、反覆、漸進教學，躺著聽、躺著學，大膽說日語。

目錄

搭配線上MP3，邊聽邊學，日語實力快速升級。

第1章

九格短句

第2軌 >>00分19秒

日短句

コーヒーが美味い	薬が苦い	味がこい
砂糖が甘い	お茶が渋い	香水の匂い
カレーが辛い	レモンが酸っぱい	石鹸の香り

第25軌 >> 00分15秒

單字

- 美味しい/おいしい
  oishii
  好味道的
- まずい
  mazui
  難吃的

中譯

こーひーが うまい 咖啡好喝	くすりがにがい 藥很苦	あじがこい 味道重
さとうが あまい 砂糖很甜	おちゃがしぶい 茶很澀	こうすいの におい 香水的香味
かれーが からい 咖哩很辣	れもんが すっぱい 檸檬很酸	せっけんの かおり 肥皂的香味

- 塩辛い/しおからい
  shiokarai
  鹹的
- さっぱり
  sappari
  清爽
- 渋い/しぶい
  shibui
  澀澀的
- しつこい
  shitukoi
  油膩

第2軌 >>01分02秒

日短句

ボタンを掛ける	手袋をはめる	シャツを脱ぐ
帯を締める	指輪を嵌める	帽子をかぶる
ズボンを履く	ネックレスを着ける	エプロンを掛ける

第25軌 >> 00分35秒

單字

- 水着/みずぎ
  mizugi
  泳衣
- 浴衣/ゆかた
  yukata
  浴衣

中譯

ぼたんを かける 扣鈕扣	てぶくろを はめる 戴手套	しゃつを ぬぐ 脫襯衫
おびを しめる 繫皮帶	ゆびわを はめる 戴戒指	ぼうしを かぶる 戴帽子
ずぼんを はく 穿褲子	ねっくれす をつける 戴項鍊	えぷろんを かける 穿圍裙

- 靴下/くつした
  kutsushita
  襪子
- 下着/したぎ
  shitagi
  內衣褲
- セーター
  se-ta-
  毛衣
- ブラウス
  burausu
  女襯衫

第2軌 >>01分48秒

日短句

顔を洗う →	シャワーを浴びる →	髭が伸びる ↓
↑ 剃刀で髭を剃る	化粧をする ↓	髪を乾かす ↓
↑ 櫛で髪を梳かす	← 外出の支度	化粧を落とす

第25軌 >> 01分00秒

單字

- 背中/せなか
  senaka
  背部
- 顔/かお
  kao
  臉

中譯

かおをあらう 洗臉	しゃわーをあびる 淋浴	ひげがのびる 留鬍子
かみそりでひげをそる 用刮鬍刀刮鬍子	けしょうをする 化妝	かみをかわかす 弄乾頭髮
くしでかみをとかす 用梳子梳頭髮	がいしゅつのしたく 準備外出	けしょうをおとす 卸妝

- 頬/ほお
  hoo
  臉頰
- 膝/ひざ
  hiza
  膝蓋
- 掌/てのひら
  tenohira
  手掌
- 肘/ひじ
  hizi
  手肘

日短句

電話を切る →	電話が通じる →	着メロが鳴る ↓
↑ 電話に出る	電話を掛ける ↓	ケータイでメールする ↓
↑ 電話が遠い ←	電話を繋ぐ	ケータイで写真を撮る

第25軌 >> 01分23秒

單字

- 無線/むせん
  musen
  無線
- アンテナ
  antena
  天線

中譯

でんわをきる
掛掉電話

でんわがつうじる
電話通了

ちゃくめろがなる
手機鈴響

けーたいでめーるする
用手機傳簡訊

けーたいでしゃしんをとる
用手機照相

でんわをつなぐ
電話通話

でんわがとおい
電話聽不清

でんわにでる
接電話

でんわをかける
打電話

- 受話器
  zyuwaki
  話筒
- ダイヤル
  daiyaru
  撥號
- 電話番号
  denwabangou
  電話號碼
- 電話帳
  denwacyou
  電話本

第3軌 >>00分06秒

日短句

銀行に預金をする →	外国の企業に投資する →	不足を補なう ↓
札を硬貨に換える ↑	お金が要る ↓	困難に陥いる ↓
株で儲ける ←	借金を負う	信用を落とす

第25軌 >> 01分48秒

單字

- 取り引き/とりひき
  torihiki
  買賣
- 貿易/ぼうえき
  boueki
  貿易

中譯

ぎんこうに よきんをする 存錢在銀行	がいこくの きぎょうに とうしする 投資外國企業	ふそくを おぎなう 補充不足
さつをこうかに かえる 紙鈔換硬幣	おかねがいる 需要金錢	こんなんに おちいる 陷於困難
かぶでもうける 用股票賺錢	しゃっきんを おう 背負債務	しんようを おとす 信用滑落

- 発売/はつばい
  hatsubai
  發售
- 利息/りそく
  risoku
  利息
- 損失/そんしつ
  sonshitsu
  損失
- 有料/ゆうりょう
  yuuryou
  收費

第3軌 >>01分04秒

日短句

柔道の稽古をする →	お花を生ける →	絵の具で色を塗る ↓
バレエを習う ↑	マッチを集める ↓	魚を釣る ↓
車の運転を覚える ↑	← ピアノを弾く	作品を翻訳で読む

第25軌 >> 02分12秒

單字

- 体操/たいそう
  taisou
  體操
- 将棋/しょうぎ
  syougi
  日本將棋

中譯

じゅうどうのけいこをする
練習柔道

おはなをいける
插花

えのぐでいろをぬる
用顏料塗色

ばれえをならう
學習芭蕾

まっちをあつめる
收集火柴盒

さかなをつる
釣魚

くるまのうんてんをおぼえる
學習開車

ぴあのをひく
彈鋼琴

さくひんをほんやくでよむ
閱讀翻譯作品

- 空手/からて
  karate
  空手道
- テニス
  tenisu
  網球
- 競馬/けいば
  keiba
  賽馬
- 水泳/すいえい
  suiei
  游泳

第3軌 >>02分00秒

日短句

風邪で頭が痛い →	骨を折る →	アレルギー体質で悩む ↓
目が疲れる ↑	関節を痛める ↓	重い病気に罹る ↓
スキーで腰を捻る ↑	← 胃が痛くなる	右手の感覚が麻痺する

第25軌 >> 02分33秒

單字

- 昼寝/ひるね
  hirune
  午睡
- 気持ち/きもち
  kimochi
  心情

中譯

かぜであたまがいたい
感冒頭痛

ほねをおる
骨折

あれるぎーたいしつでなやむ
為過敏體質所苦

おもいびょうきにかかる
罹患重病

かんせつをいためる
關節痛

めがつかれる
眼睛疲倦

すきーでこしをひねる
滑雪閃到腰

いがいたくなる
胃痛

みぎてのかんかくがまひする
右手感覺麻

- 苦しみ/くるしみ
  kurushimi
  苦悶
- 腰/こし
  koshi
  腰
- 手首/てくび
  tekubi
  手腕
- 盲腸/もうちょう
  moucyou
  盲腸

日短句

額に皺が寄る →	肩が凝りやすい →	忙しくて疲れる ↓
じっと目を閉じる ↑	体力が衰える ↓	過労で倒れる ↓
喉が渇く ↑	← 体質を改善する	体がだるい

單字

- 肌/はだ
  hada
  皮膚
- 唾/つば
  tsuba
  口水

中譯

ひたいにしわがよる
額頭上有皺紋

→

かたがこりやすい
肩膀容易僵硬

→

いそがしくてつかれる
疲於忙碌

↓

かろうでたおれる
累倒

↓

からだがだるい
全身無力

たいりょくがおとろえる
體力衰退

↓

たいしつをかいぜんする
改善體質

←

のどがかわく
口渴

↑

じっとめをとじる
緊閉雙眼

↑

● 欠伸/あくび
akubi
打哈欠

● 鼾/いびき
ibiki
打鼾

● 熱/ねつ
netsu
發燒

● 虫歯/むしば
mushiba
蛀牙

日短句

トンボが飛ぶ →	猫がニャアニャア鳴く →	ボールを投げる ↓
↑ ペンギンが泳ぐ	犬が尻尾を振る ↓	空中に舞い上がる ↓
↑ 犬がワンワン吠える	← ベルを鳴らす	鉄のように固い

第25軌 >> 03分17秒

單字

- 羊／ひつじ
  hitsuzi
  羊
- 象/ぞう
  zou
  象

中譯

とんぼがとぶ
蜻蜓飛

ねこがにゃあにゃあなく
貓喵喵叫

ぼーるをなげる
投球

くうちゅうにまいあがる
飛舞在空中

いぬがしっぽをふる
狗搖尾巴

ぺんぎんがおよぐ
企鵝游泳

いぬがわんわんほえる
狗汪汪叫

べるをならす
鈴響

てつのようにかたい
如鐵堅固

- 狸/たぬき
  tanuki
  狸
- 鼠/ねずみ
  nezumi
  老鼠
- 熊/くま
  kuma
  熊
- 猿/さる
  saru
  猴子

日短句

林檎をかじる	お茶を飲む	軽く食べる
ジャムを舐める	食事を取る	タバコを吸う
粥を啜る	食べ物を噛む	風船を膨らませる

第25軌 >> 03分38秒

單字

- 味わう/あじわう
  aziwau
  品嚐
- 飲み込む/のみこむ
  nomikomu
  吞嚥

中譯

りんごをかじる
啃蘋果

おちゃをのむ
喝茶

かるくたべる
簡單吃

たばこをすう
抽菸

ふうせんをふくらませる
吹汽球

たべものをかむ
咀嚼食物

かゆをすする
喝稀飯

じゃむをなめる
舔果醬

しょくじをとる
用餐

- 飲む/のむ
  nomu
  喝
- 嗅ぐ/かぐ
  kagu
  聞
- 吐く/はく
  haku
  吐
- 銜える/くわえる
  kuwaeru
  (銜)含在口裡

日短句

ご飯を炊く	野菜を炒める	もち米を蒸す
じゃが芋を煮る	天婦羅を揚げる	秋刀魚を焼く
ほうれん草を茹でる	薩摩芋を蒸かす	肉が焼ける

第25軌 >> 03分58秒

單字

- 漬ける/つける
  tsukeru
  醃漬
- 弁当/べんとう
  bentou
  便當

中譯

ごはんをたく
煮飯

→

やさいをいためる
炒青菜

→

もちごめをむす
蒸糯米

↓

さんまをやく
烤秋刀魚

↓

にくがやける
肉烤好

てんぷらをあげる
炸天婦羅

↓

さつまいもを蒸す
蒸蕃薯

←

ほうれんそうをゆでる
燙菠菜

↑

じゃがいもをにる
煮馬鈴薯

↑

- 洋食/ようしょく
  yousyoku
  西式料理
- 刺身/さしみ
  sashimi
  生魚片
- 蕎麦/そば
  soba
  蕎麥麵
- 挽肉/ひきにく
  hikiniku
  絞肉

第4軌 >>02分37秒

日短句

茶碗にご飯を装う	皿にサラダを盛り付ける	昼ご飯を済ませる
お茶を入れる	料理に箸をつける	パンの端を切り取る
湯飲みにお茶を注ぐ	匙でスープを掬う	ステンレス製のナイフ

第25軌 >> 04分20秒

單字

- 食卓/しょくたく
  syokutaku
  餐桌
- 冷蔵庫/れいぞうこ
  reizouko
  冰箱

中譯

ちゃわんにごはんをよそう
用碗盛飯

さらにさらだをもりつける
盤上擺著沙拉

ひるごはんをすませる
吃完午餐

ぱんのはしをきりとる
切掉麵包四周

りょうりにはしをつける
用筷子開動吃飯

おちゃをいれる
沖（沏）茶

ゆのみにおちゃをそそぐ
將茶倒入茶杯

さじですーぷをすくう
用湯匙舀湯

すてんれすせいのないふ
不銹鋼刀子

- 戸棚/とだな
todana
廚櫃

- 障子/しょうじ
syouzi
紙拉門

- 階段/かいだん
kaidan
樓梯

- ストーブ
suto-bu
暖爐

日短句

雲が浮かぶ →	霧がかかる →	火山が噴火する ↓
雪が解ける ↑	虹が出る ↓	抜けるような青い空 ↓
風が静まる ↑	← 竜巻が起こる	日本晴れの天気

第25軌 >> 04分38秒

單字

- 嵐/あらし
  arashi
  暴風雨
- 夕立/ゆうだち
  yuudachi
  傍晚陣雨

くもがうかぶ
雲飄

→

きりがかかる
起霧

→

かざんがふんかする
火山噴火

↓

ぬけるようなあおいそら
萬里無雲的晴空

↓

にほんばれのてんき
日本晴朗的天氣

にじがでる
彩虹出現

↓

たつまきがおこる
發生龍捲風

←

かぜがしずまる
風停了

↑

ゆきがとける
雪融化

↑

- 梅雨/ばいう
  baiu
  梅雨
- 雪崩/なだれ
  nadare
  雪崩
- 吹雪/ふぶき
  fubuki
  暴風雪
- 津波/つなみ
  tsunami
  海嘯

日短句

列の後ろに並ぶ →	後を追い駆ける →	教室の外へ出る ↓
荷物を下に降ろす ↑	タクシーを降りる ↓	山に囲まれた盆地 ↓
建物の正面へ回る ↑	← 道路を斜めに横切る	町の中を流れる川

單字

- 縦/たて
  tate
  直的
- 斜め/ななめ
  naname
  傾斜的

中譯

れつのうしろにならぶ
排在隊伍後面

あとをおいかける
緊追在後

きょうしつのそとへでる
出到教室外

やまにかこまれたぼんち
四周環山的盆地

たくしーをおりる
下計程車

にもつをしたにおろす
卸下貨物

たてもののしょうめんへまわる
繞到建築物的正面

どうろをななめによこぎる
斜斜地穿過馬路

まちのなかをながれるかわ
穿過街心的河川

- 手前/てまえ
  temae
  眼前
- 表/おもて
  omote
  表面
- 向こう/むこう
  mukou
  對面
- 裏/うら
  ura
  裏面

日短句

3に2を足す	3プラス2	9を3で割る
6から5を引く	6マイナス5	90パーセント
10は5で割り切れる	4に2を掛ける	9割の成功率

單字

- 高さ/たかさ
  takasa
  高度
- 広さ/ひろさ
  hirosa
  寬度

中譯

さんににをたす 3加2	さんぷらすに 3加2	きゅうをさんでわる 9除3
ろくからごをひく 6減5	ろくまいなすご 6減5	きゅうじゅっぱーせんと 百分之九十
じゅうはごでわりきれる 10除以5	よんににをかける 4乘2	きゅうわりのせいこうりつ 九成的成功率

- 面積/めんせき
  menseki
  面積
- 深さ/ふかさ
  fukasa
  深度
- 重さ/おもさ
  omosa
  重量
- 長さ/ながさ
  nagasa
  長度

第5軌 >>02分44秒

日短句

一日3回飲む薬 →	第3位に入賞する →	日本一の富士山 ↓
前から2番目の席 ↑	新幹線の6号車 ↓	三桁の数字 ↓
一等賞の賞品 ↑	← 1000キロの長距離	高さが150メートル

第25軌 >> 05分36秒

單字

- 回数/かいすう
  kaisuu
  次數
- 人数/にんずう
  ninzuu
  人數

中譯

いちにちさんかいのむくすり
一天喝3次的藥

だいさんいににゅうしょうする
第三名獲獎

にほんいちのふじさん
日本第一高的富士山

まえからにばんめのせき
前面數來第2個座位

しんかんせんのろくごうしゃ
新幹線的6號車

みけたのすうじ
三位數字

いっとうしょうのしょうひん
第一名的獎品

せんきろのちょうきょり
1000公里的長距離

たかさがひゃくごじゅうめーとる
高度150公尺

- 点数/てんすう
  tensuu
  點數
- 少量/しょうりょう
  syouryou
  少量
- 少数/しょうすう
  syousuu
  少數
- 大量/たいりょう
  tairyou
  大量

第6軌 >>00分04秒

日短句

水玉模様のネクタイ →	色が鮮やか →	髪を茶色に染める ↓
無地のスーツ ↑	24色の色鉛筆 ↓	顔が赤くなる ↓
縦縞のシャツ ↑	着色した食品 ←	景色をスケッチする

第25軌 >> 05分57秒

單字

- 凸凹/でこぼこ
  dekoboko
  凹凸
- 粒/つぶ
  tsubu
  顆粒

中譯

みずたまもようのねくたい 圓點圖案的領帶	いろがあざやか 顏色鮮艷	かみをちゃいろにそめる 頭髮染成褐色
むじのすーつ 素色套裝	24しょくのいろえんぴつ 24色鉛筆	かおがあかくなる 臉色變紅
たてじまのしゃつ 直條紋襯衫	ちゃくしょくしたしょくひん 著色食品	けしきをすけっちする 素描風景

- 柄/がら
  gara
  花樣
- チェック
  cheeku
  格子
- 水玉
  mizutama
  圓點
- きつい
  kitsui
  緊的

日短句

眠気を我慢する →	老後の寂しさに耐える →	腰痛に悩まされる
手術の苦痛に耐える ↑	将来に不安を感じる	切ない思いをする ↓
子供が母親に甘える ↑	← 都会の生活は苦しい	夜中の地震に驚く ↓

單字

- 迷惑/めいわく
  meiwaku
  麻煩
- 心配/しんぱい
  shinpai
  擔心

中譯

ねむけをがまんする
忍耐睡意

ろうごのさびしさにたえる
忍受老後的寂寞

ようつうになやまされる
受到腰痛的困擾

しゅじゅつのくつうにたえる
忍耐手術的痛苦

しょうらいにふあんをかんじる
感受將來的不安

せつないおもいをする
心裡難受

こどもがははおやにあまえる
小孩跟母親撒嬌

とかいのせいかつはくるしい
都市的生活苦

よなかのじしんにおどろく
驚於半夜的地震

- 親しみ/したしみ
  shitashimi
  親密
- ひどい
  hidoi
  惡劣
- 遠慮/えんりょ
  enryo
  客氣
- 怖い/こわい
  kowai
  可怕

日短句

責任を追及する →	過ぎたことを悔やむ →	勇気のある行為を褒める ↓
「御免なさい」と謝る ↑	犯した罪を恥じる ↓	子供の自慢をする親 ↓
自分の過ちを悔いる ↑	← 人前で恥をかく	自分から失敗を認める

第25軌 >> 06分36秒

單字

- 断る/ことわる
  kotowaru
  拒絕
- 引き受ける/ひきうける
  hikiukeru
  接受

中譯

せきにんをついきゅうする
追究責任

すぎたことをくやむ
後悔往事

ゆうきのあるこういをほめる
誇獎有勇氣的行為

こどものじまんをするおや
以兒女為傲的父母

おかしたつみをはじる
羞恥所犯的罪

ごめんなさいとあやまる
道歉說對不起

じぶんのあやまちをくいる
後悔自己的過錯

ひとまえではじをかく
在人前丟臉

じぶんからしっぱいをみとめる
自我承認失敗

- 責める/せめる
  semeru
  責備
- 頼む/たのむ
  tanomu
  拜託
- 訴える/うったえる
  uttaeru
  申訴
- 求める/もとめる
  motomeru
  要求

日短句

君の話を聞こう →	警官に道を尋ねる →	質問に答える ↓
風の音が聞こえる ↑	家族の安否を問う ↓	調査に回答する ↓
先生の都合を聞く ↑	ご意見を伺う ←	相談に乗る

第25軌 >> 06分56秒

單字

- 黙る/だまる
  damaru
  沉默
- 隠す/かくす
  kakusu
  隱瞞

中譯

きみのはなしを
きこう
聽聽你說的

けいかんに
みちをたずねる
向警察問路

しつもんに
こたえる
回答詢問

ちょうさに
かいとうする
回答調查

かぞくのあんぴ
をとう
向家人問安

かぜのおとが
きこえる
聽得見風的聲音

せんせいの
つごうをきく
問問老師的時間

ごいけんを
うかがう
請教意見

そうだんにのる
商量

- 訳す/やくす
  yakusu
  翻譯
- 語る/かたる
  kataru
  訴說
- 伝える/つたえる
  tsutaeru
  傳達
- 述べる/のべる
  noberu
  敘述

九格短句

第7軌 >>00分05秒

日短句

冗談を言ってからかう	医者を呼んでくる	答案に名前を記す
独り言を呟く	大きな声で叫ぶ	友達のノートを写す
子供の名を呼ぶ	生徒が教室で騒ぐ	講義をノートする

第25軌 >> 07分17秒

單字

- 描く/えがく
  egaku
  描繪
- 写す/うつす
  utsusu
  臨摹、拍照

中譯

じょうだんをいってからかう 開玩笑、取笑	いしゃをよんでくる 叫醫生來	とうあんになまえをきす 答案卷上寫名字
ひとりごとをつぶやく 自言自語	おおきなこえでさけぶ 大聲喊叫	ともだちののーとをうつす 抄朋友的筆記本
こどものなをよぶ 呼叫孩子的名字	せいとがきょうしつでさわぐ 學生在教室裡吵鬧	こうぎをのーとする 抄講義

- 教える/おしえる
  oshieru
  教導
- 褒める/ほめる
  homeru
  稱讚
- 育てる/そだてる
  sodateru
  培育
- 叱る/しかる
  shikaru
  叱責

第7軌 >>00分56秒

日短句

針と糸で縫う	ユニホームを着替える	風呂敷で包む
セーターを編む	布団を被る	帽子を脱ぐ
洋服を作る	上着を着る	座布団を敷く

第25軌 >> 07分37秒

單字

- 木綿/もめん
  momen
  木綿
- タオル
  taoru
  毛巾

中譯

はりといとでぬう
用針線縫

ゆにほーむをきがえる
換穿制服

ふろしきでつつむ
用大方巾包裹

ぼうしをぬぐ
脱帽子

ふとんをかぶる
蓋上棉被

せーたーをあむ
編織毛衣

ようふくをつくる
做衣服

うわぎをきる
穿上上衣

ざぶとんをしく
鋪上坐墊

- 和服/わふく
  wafuku
  和服
- 寝巻き/ねまき
  nemaki
  睡衣
- 枕/まくら
  makura
  枕頭
- 上着/うわぎ
  uwagi
  上衣

第7軌 >>01分50秒

日短句

電車から降りる →	改札口で清算する →	席を譲る ↓
途中下車する ↑	タクシーを拾う ↓	飛行機に乗る ↓
電車で通学する ↑	← 船が港に入る	人通りの多い街

第25軌 >> 07分57秒

單字

- 乗り物/のりもの
  norimono
  交通工具
- オートバイ
  o-tobai
  摩托車

中譯

でんしゃからおりる
下電車

かいさつぐちでせいさんする
在剪票口結算

せきをゆずる
讓座位

ひこうきにのる
坐飛機

たくしーをひろう
叫計程車

とちゅうげしゃする
中途下車

でんしゃでつうがくする
坐電車上學

ふねがみなとにはいる
船入港

ひとどおりのおおいまち
來往行人多的街道

- トラック
  torakku
  貨車
- ヘリコプター
  herikoputa-
  直昇機
- 新幹線/しんかんせん
  shinkansen
  新幹線
- 地下鉄/ちかてつ
  chikatetsu
  地下鐵

第7軌 >>02分42秒

日短句

トンネルが開通する →	高速道路が渋滞する →	東京湾を横断する ↓
湖に橋を架ける ↑	空港までリムジンバスに乗る ↓	湖を一周する遊覧船 ↓
歩道橋を渡って横断する ↑	← 名所を見物する	公園の回りを散歩する

第25軌 >> 08分21秒

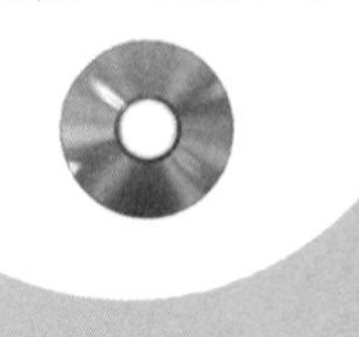

單字

- 地下道/ちかどう
  chikadou
  地下道
- 歩道/ほどう
  hodou
  人行道

中譯

とんねるがかいつうする
隧道開通

こうそくどうろがじゅうたいする
高速公路塞車

とうきょうわんをおうだんする
穿越東京灣

みずうみをいっしゅうするゆうらんせん
繞湖一週的遊覽船

くうこうまでりむじんばすにのる
坐高速巴士到機場

みずうみにはしをかける
湖面架上橋樑

ほどうきょうをわたっておうだんする
穿越行人高架橋

めいしょをけんぶつする
參觀名勝

こうえんのまわりをさんぽする
在公園四周散步

- 十字路/じゅうじろ
  zyuuziro
  十字路口
- 堀/ほり
  hori
  護城河
- ダム
  damu
  水壩
- ホーム
  ho-mu
  月台

九格短句

第8軌 >>00分04秒

日短句

授業料を払い込む	病気で欠席する	運動場を駆け回る
夏休みが待ち遠しい	入学の手続きをする	希望に燃える
新学期が始まる	試験に受かる	学生に相応しい

第25軌 >> 08分43秒

單字

- 大学/だいがく
  daigaku
  大學
- 高校/こうこう
  koukou
  高中

中譯

じゅぎょうりょうをはらいこむ
繳交學費

びょうきでけっせきする
因病缺席

うんどうじょうをかけまわる
繞運動場跑步

きぼうにもえる
燃起希望

にゅうがくのてつづきをする
辦理入學手續

なつやすみがまちどおしい
企盼暑假到來

しんがっきがはじまる
新學期開始

しけんにうかる
考上

がくせいにふさわしい
適合學生

- 中学校/ちゅうがっこう
  cyuugakkou
  中學
- 教室/きょうしつ
  kyoushitsu
  教室
- 寮/りょう
  ryou
  宿舍
- 受け付け/うけつけ
  uketsuke
  傳達室

第8軌 >>01分00秒

日短句

手間のかかる仕事	景気が回復する	事実を調査する
仕事が手につかない	工場を経営する	損失を補う
職に就く	例を挙げて説明する	金を稼ぐ

第25軌 >> 09分04秒

單字

- 通勤/つうきん
  tsuukin
  通勤
- 勤務/きんむ
  kinmu
  工作

中譯

てまのかかるしごと 花工夫的工作	けいきがかいふくする 景氣恢復	じじつをちょうさする 調查事實
しごとがてにつかない 工作無從下手	こうじょうをけいえいする 經營工廠	そんしつをおぎなう 賠償損失
しょくにつく 就職	れいをあげてせつめいする 舉例說明	かねをかせぐ 賺錢

- 入社/にゅうしゃ
  nyuusya
  進公司工作
- 仕事/しごと
  shigoto
  工作
- 就職/しゅうしょく
  syuusyoku
  到任
- 出張/しゅっちょう
  syuccyou
  出差

九格短句

日短句

爪を噛む →	額の汗を拭う →	びっくりした顔 ↓
手を握る ↑	汗を流す ↓	机の角に足をぶつける ↓
手を切る ↑	← 息を吐く	鼻をすする

第25軌 >> 09分26秒

單字

- 顎/あご
  ago
  下顎
- 瞳/ひとみ
  hitomi
  瞳孔

中譯

つめをかむ 咬指甲	ひたいのあせをぬぐう 擦額頭的汗	びっくりしたかお 吃驚的表情
てをにぎる 握手	あせをながす 流汗	つくえのかどにあしをぶつける 腳撞到桌角
てをきる 斷決關係	いきをはく 吐氣	はなをすする 擤鼻子

- 唇/くちびる
  kuchibiru
  嘴唇
- 横顔/よこがお
  yokogao
  側臉
- 舌/した
  shita
  舌
- 脇/わき
  waki
  胳肢窩

日短句

確率が高い →	食事の量を減らす →	米を大量に輸入する ↓
半分ずつに分ける ↑	ラジオのボリュームを上げる ↓	たった一人の生徒 ↓
人口が倍になる ↑	← 少量の水を加える	ほんのわずかな財産

單字

- 割引/わりびき
  waribiki
  折扣
- 合計/ごうけい
  goukei
  合計

中譯

かくりつがたかい
準確度高

しょくじのりょうをへらす
減少食量

こめをたいりょうにゆうにゅうする
大量輸入米

たったひとりのせいと
只有一個學生

らじおのぼりゅーむをあげる
收音機的音量調大聲

はんぶんずつにわける
分成兩半

じんこうがばいになる
人口倍增

しょうりょうのみずをくわえる
加少量的水

ほんのわずかなざいさん
僅有的財產

- 不足/ふそく
  fusoku
  不足
- 割合/わりあい
  wariai
  比例
- おまけ
  omake
  附贈禮物
- 比率/ひりつ
  hiritsu
  比率

第9軌 >>00分04秒

日短句

山の頂点に立つ	郊外に移転する	浜辺で貝を拾う
都会に住む	旅に出る	谷を渡る
田舎で生活する	煉瓦造りの家	山から下りる

第25軌 >> 10分10秒

單字

- 峠/とうげ
  touge
  山崖
- 麓/ふもと
  fumoto
  山腳

中譯

やまのちょうてんにたつ 站在山頂 →	こうがいにいてんする 搬到郊外 →	はまべでかいをひろう 在海邊撿貝殼 ↓
とかいにすむ 住在都市 ↑	たびにでる 出門旅行 ↓	たにをわたる 穿過山谷 ↓
いなかでせいかつする 在鄉下生活 ↑	← れんがづくりのいえ 磚造的家	やまからおりる 下山

- 盆地/ぼんち
  bonchi
  盆地
- 森/もり
  mori
  森林
- 並木/なみき
  namiki
  街道樹
- 峰/みね
  mine
  山峰

日短句

四角い箱 →	羊の形をした雲 →	壁が厚い ↓
尖った鉛筆 ↑	ポケットが膨れる ↓	急な角度の斜面 ↓
平たい皿 ↑	← 目を丸くする	形式に拘る

第25軌 >> 10分30秒

單字

- 細長い/ほそながい
  hosonagai
  細長
- 鈍い/にぶい
  nibui
  (遲)鈍的

中譯

しかくいはこ
四角形的箱子

ひつじのかたちをしたくも
羊的形狀的雲

かべがあつい
牆壁厚

きゅうなかくどのしゃめん
角度很陡的斜坡

ぽけっとがふくれる
口袋膨脹

とがったえんぴつ
尖的鉛筆

ひらたいさら
平的盤子

めをまるくする
瞪大眼睛

けいしきにこだわる
拘泥於形式

- 滑らか/なめらか
nameraka
平滑

- 薄い/うすい
usui
不厚

- 暑い/あつい
atsui
炎熱

- 太い/ふとい
futoi
粗

第9軌 >>01分43秒

日短句

心を動かす →	感情を顔に表す →	腹を立てる ↓
気が早い ↑	居心地がいい ↓	複雑な気持ち ↓
気を静める ↑	← 寒さを感じる	余裕が欲しい

第25軌 >> 10分51秒

單字

- 喜ぶ/よろこぶ
  yorokobu
  高興
- 困る/こまる
  komaru
  困擾

中譯

こころを うごかす 動心	かんじょうを かおにあらわす 感情寫在臉上	はらをたてる 生氣
きがはやい 性急	いごこちがいい 心情好	ふくざつな きもち 複雜的心情
きをしずめる 冷靜	さむさを かんじる 覺得寒冷	よゆうがほしい 想要有空閒

- 悩む/なやむ
  nayamu
  煩惱
- 怒る/おこる
  okoru
  生氣
- 焦る/あせる
  aseru
  焦慮
- 嘆く/なげく
  nageku
  嘆氣

日短句

ドアのノブを回す →	荷物を運ぶ →	車に荷物を積む ↓
鍵を閉める ↑	自転車を走らせる ↓	鍵を開ける ↓
車庫に車を入れる ↑	← 車庫から車を出す	自転車を止める

第25軌 >> 11分12秒

單字

- 運転/うんてん
  unten
  駕駛
- 回転/かいてん
  kaiten
  迴轉

中譯

どあののぶをまわす
轉動門把

にもつをはこぶ
運送貨物

くるまににもつをつむ
將貨物裝上車子

かぎをあける
開鎖

じてんしゃをとめる
停住腳踏車

じてんしゃをはしらせる
騎腳踏車

しゃこからくるまをだす
從車庫開車出來

しゃこにくるまをいれる
將車開進車庫

かぎをしめる
上鎖

- 連続/れんぞく
  renzoku
  連續
- 回り道/まわりみち
  mawarimichi
  繞道
- 駐車/ちゅうしゃ
  cyuusya
  停車
- 到着/とうちゃく
  toucyaku
  抵達

● 關於自動詞和他動詞

自動詞：動詞本身能完整地表示主語（或主題）的某種動作、狀態的詞類。例如：（～が）消える。（kieru）

他動詞：動詞需要有一受詞，完整地表現主語的動作或作用的詞類。例如：（～を）消す。（kesu）

自動詞和他動詞的基本形態如下：

（1）成組的自動詞與他動詞：此型態最具規則性，只要記住自動詞就知道他動詞。-aru結尾的自動詞和-eru他動詞。例如：

終わる（owaru）/終える（oeru）

変わる（kawaru）/変える（kaeru）

（2）以-reru結尾的自動詞較多。例如：

売れる (ureru)、 折れる (oreru)

壊れる (kowareru)、 流れる (nagareru)

（3）以-su結尾的都為他動詞。例如：

壊す（kowasu）倒す（taosu）飛ばす（tobasu）

（4）自動詞和他動詞型態相同。

自動詞	他動詞
窓が開（ひら）く	窓を開（ひら）く
仕事が終わる	仕事を終わる

（5）只有自動詞而無他動詞，或只有他動詞而無自動詞的型態。例如：

只有自動詞：居る、ある、死ぬ、痩せる

只有他動詞：着る、買う、書く、作る、考える。

第2章

短句組合

第10軌
00分22秒

あう【合う・遭う】

❶ 気持ちが合う kimoti ga au	❷ 事故に遭う ziko ni au

あおぐ

❶ 空を仰ぐ sora o aogu	❷ 供給を仰ぐ kyoukyuu o aogu

あおる

❶ 火を煽る hi o aoru	❷ 相場を煽る souba o aoru

あかす

❶ 夜を明かす yo o akasu	❷ 身の上を明かす mino ue o akasu

あがる

❶ 花火が上がる hanabi ga agaru	❷ 雨が上がる ame ga agaru

中譯

❶ 性情合得來	❷ 遭到意外
❶ 仰望天空	❷ 仰賴供給
❶ 煽火	❷ 哄抬股市
❶ 徹夜不眠	❷ 説出(自己)的身份
❶ 煙火放起來了	❷ 雨停了

あ行

日短句

あげる

❶ 声を上げる
koe o ageru

❷ 効果を上げる
kouka wo ageru

あきる

❶ 遊びに飽きる
asobi ni akiru

❷ 飽きるほど
akiru hodo

あきれる

❶ 厭きれた顔
akireta kao

❷ 厭きない
akinai

あく

❶ 目が開く
me ga aku

❷ 店が開く
mise ga aku

あける【明ける・開ける】

❶ 年が明ける
tosi ga akeru

❷ 口を開ける
kuti o akeru

中譯

❶	❷
提高音量	提高效果
玩膩了	幾乎膩了
厭煩的臉色	不厭倦
打開眼睛	店開著
跨年	開口

日短句

第10軌
02分11秒

あずける

1. 保育園に預ける
   hoikuen ni azukeru
2. 銀行に預ける
   ginkou ni azukeru

あそぶ

1. 温泉に遊ぶ
   onsen ni asobu
2. パリに遊ぶ
   pari ni asobu

あたえる

1. 餌を与える
   esa o ataeru
2. 印象を与える
   insyou o ataeru

あたたまる【温まる・暖まる】

1. 体が温まる
   karada ga atatamaru
2. 部屋が暖まる
   heya ga atatamaru

あためる

1. 体を温める
   karada o atatameru
2. スープを温める
   suupu o atatameru

中譯

①	②
寄放在托兒所	存在銀行
去溫泉玩	去巴黎玩
餵食食餌	留下印象
身體暖和	房間暖和
保暖身體	把湯弄熱

日短句

あたる

① 風が当たる
kaze ga ataru

② 当番に当たる
touban ni ataru

あつかう

① 品物を扱う
sinamono o atukau

② 子供を扱う
kodomo o atukau

あつまる

① 目が集まる
me ga atumaru

② 回りに集まる
mawari ni atumaru

あつめる

① 人を集める
hito o atumeru

② 同情を集める
douzyou o atumeru

あてる

① クイズを当てる
kuizu o ateru

② 壁に耳を当てる
kabe ni mimi o ateru

中譯

① 迎著風　② 輪值當班

① 處理東西　② 當作小孩子看待

① 聚集眼光　② 聚集在四周

① 招聚人　② 搏得同情

① 答對猜謎　② 耳朵貼在牆上

日短句

第10軌
04分14秒

あびる

❶	❷
日光を浴びる nikkou o abiru	非難を浴びる hinan o abiru

あふれる

❶	❷
水が溢れる mizu ga ahureru	活気に溢れる kakki ni ahureru

あやまる

❶	❷
運転を誤る unten o ayamaru	答えを誤る kotae o ayamaru

あゆむ

❶	❷
堂々と歩む doudou to ayumu	人生を歩む zinsei o ayumu

あらそう

❶	❷
先を争う saki o arasou	勝負を争う syoubu o arasou

中譯

❶	❷
曬太陽	招受批評
水滿溢而出	充滿活力
駕駛失誤	弄錯答案
理直氣壯地前進	度過人生
爭先恐後	爭勝負

あらわす【表す・現す】

1 季節を表す
kisetu o arawasu

2 姿を現す
sugata o arawasu

あらわれる【表れる・現れる】

1 言葉に表れる
kotoba ni arawareru

2 姿が現れる
sugata ga arawareru

ある

1 火事がある
kazi ga aru

2 才能がある
sainou ga aru

あるく

1 街を歩く
mati o aruku

2 持って歩く
motte aruku

あれる

1 手が荒れる
te ga areru

2 田畑が荒れる
tahata ga areru

中譯

1 呈現季節
2 出現

1 用言語表現
2 出現

1 有火災
2 有才能

1 走在街上
2 拿著走

1 手乾燥
2 農田荒廢

第10軌
06分12秒

いく

1 左へ行く hidari e iku
2 散歩に行く sanpo ni iku

いただく

1 返事を頂く henzi o itadaku
2 お茶を頂く otya o itadaku

いたむ【痛む・傷む】

1 心が痛む kokoro ga itamu
2 傷んだ本 itanda hon

いる

1 勇気が要る yuuki ga iru
2 お金が要る okane ga iru

いれる

1 スイッチをいれる suitti o ireru
2 宝石をいれる houseki o ireru

中譯

1 往左邊去
2 去散步

1 得到回覆
2 喝茶

1 心痛
2 損毀的書

1 需要勇氣
2 需要金錢

1 打開開關
2 鑲嵌寶石

日短句

うかぶ

① 心に浮かぶ
kokoro ni ukabu

② 考えが浮かぶ
kangae ga ukabu

うかべる

① 船を浮かべる
fune o ukaberu

② 目に浮かべる
me ni ukaberu

うける

① 許可を受ける
kyoka o ukeru

② 授業を受ける
zyugyou o ukeru

うしなう

① 気を失う
ki o usinau

② 命を失う
inoti o usinau

うつ

① 頭を打つ
atama o utu

② 鐘を打つ
kane o utu

中譯

① 浮上心頭	② 有了構想
① 駕船	② 浮現眼中
① 得到許可	② 上課
① 昏迷	② 喪命
① 撞到頭	② 打鐘

日短句

第10軌
08分07秒

うつす【写す・映す】

❶	❷
ノートに写す nooto ni utusu	鏡に映す kagami ni utusu

うつる【写る・映る】

❶	❷
写真が写る syasin ga uturu	水溜りに映る mizutamari ni uturu

うったえる

❶	❷
不満を訴える human o uttaeru	痛みを訴える itami o uttaeru

うつす【移す】

❶	❷
風邪をうつす kaze o utusu	実行に移す zikkou ni utusu

うつる【移る】

❶	❷
田舎に移る inaka ni uturu	気持ちが移る kimoti ga uturu

中譯

❶	❷
抄筆記	映照在鏡中
拍照片	映照在積水上
抗議	喊痛
傳染感冒	開始實施
搬到鄉下	心情改變

日短句

うばう

1. 自由を奪う
ziyuu o ubau
2. 目を奪う
me o ubau

うまれる

1. 弟が生まれる
otouto ga umareru
2. 疑問が生まれる
gimon ga umareru

うむ【産む・生む】

1. 子を産む
ko o umu
2. 誤解を生む
gokai o umu

える

1. 賛成を得る
sansei o eru
2. 富を得る
tomi o eru

おう

1. 理想を追う
risou o ou
2. 仕事に追われる
sigoto ni owareru

中譯

1. 剝奪自由
2. 吸引注意

1. 弟弟出生了
2. 產生疑問

1. 生孩子
2. 產生誤會

1. 得到贊同
2. 獲得財富

1. 追求理想
2. 工作超過負荷

日短句

第10軌
10分03秒

おう

❶	❷
責任を負う sekinin o ou	罪を負う tumi o ou

おうじる

❶	❷
募集に応じる bosyuu ni ouziru	誘いに応じる sasoi ni ouziru

おかす【犯す・冒す】

❶	❷
罪を犯す tumi o okasu	危険を冒す kiken o okasu

おぎなう

❶	❷
説明を補う setumei o oginau	不足を補う husoku o oginau

おきる

❶	❷
事故が起きる ziko ga okiru	火が起きる hi ga okiru

中譯

❶	❷
負起責任	擔起罪責
應徵	赴約
犯罪	冒險
補充說明	補足不足
發生意外	起火

おこす

❶ 人を起こす
hito o okosu

❷ 事件を起こす
ziken o okosu

おこる

❶ 喧嘩が起こる
kenka ga okoru

❷ 変化が起こる
henka ga okoru

おくる

❶ 荷物を送る
nimotu o okuru

❷ 生活を送る
seikatu o okuru

おくれる【遅れる・後れる】

❶ 時計が遅れる
tokei ga okureru

❷ 流行に後れる
ryukou ni okureru

おこなう

❶ 祭りを行う
maturi o okonau

❷ 試験を行う
siken o okonau

中譯

❶ 叫人起床
❷ 引發事件

❶ 引起紛爭
❷ 發生變化

❶ 遞送貨物
❷ 過生活

❶ 時鐘慢了
❷ 跟不上流行

❶ 舉行節慶
❷ 舉行考試

おさえる【抑える・押える】

❶	❷
情熱を抑える zyounetu o osaeru	帽子を押える bousi o osaeru

おさまる

❶	❷
箱に収まる hako ni osamaru	気持ちが収まる kimoti ga osamaru

第10軌
11分57秒

おさめる

❶	❷
カメラに収める kamera ni osameru	成功を収める seikou o osameru

おとずれる

❶	❷
家を訪れる ie o otozureru	春が訪れる haru ga otozureru

おちる

❶	❷
日が落ちる hi ga otiru	試験に落ちる siken ni otiru

中譯

❶	❷
壓抑熱情	押住帽子
收入箱子	心平氣和
用照相機照下	獲得成功
拜訪	春天到了
太陽西下	考試失敗

日短句

おとす

❶ スピードを落とす
supiido o otosu

❷ 命を落とす
inoti o otosu

おどる【踊る・躍る】

❶ ダンスを踊る
dansu o odoru

❷ 胸が躍る
mune ga odoru

おとろえる

❶ 健康が衰える
kenkou ga otoroeru

❷ 勢力が衰える
seiryoku ga otoroeru

おぼえる

❶ 顔を覚えている
kao o oboete iru

❷ 仕事を覚える
sigoto o oboeru

おりる

❶ 坂を下りる
saka o oriru

❷ 霧が降りる
kiri ga oriru

中譯

❶ 變慢速度　❷ 喪命

❶ 跳舞　❷ 激動

❶ 健康下滑　❷ 勢力減弱

❶ 記得見過　❷ 熟悉工作

❶ 下坡　❷ 起霧

第11軌
00分07秒

かう

❶	❷
金で買う kane de kau	恨みを買う urami o kau

かえす

❶	❷
故郷に帰す kokyou ni kaesu	お金を返す okane o kaesu

かえる【帰る・返る】

❶	❷
家に帰る ie ni kaeru	元通りに返る motodoori ni kaeru

かえる

❶	❷
予定を変える yotei o kaeru	調子を変える tyousi o kaeru

かかえる

❶	❷
問題を抱える mondai o kakaeru	お腹を抱える onaka o kakaeru

中譯

❶	❷
用錢購買	招致怨恨
回家鄉	還錢
回家	恢復原狀
改變預定	改變做法
有問題	抱著肚子

日短句

かかる

❶ 橋が架かる
hasi ga kakaru

❷ 費用がかかる
hiyou ga kakaru

かぎる

❶ 人数を限る
ninzuu o kagiru

❷ 女性に限り
zyosei ni kagiri

かける

❶ 水をかける
mizu o kakeru

❷ 税金をかける
zeikin o kakeru

かこむ

❶ 食卓を囲む
syokutaku o kakomu

❷ 海に囲まれる
umi ni kakomareru

かざる

❶ 花で飾る
hana de kazaru

❷ 外見を飾る
gaiken o kazaru

中譯

❶ 架設橋樑	❷ 花錢
❶ 限定人數	❷ 只限女性
❶ 澆水	❷ 課稅
❶ 圍爐	❷ 四周環海
❶ 用花裝飾	❷ 裝飾外表

か行

日短句

第11軌
01分54秒

かす

❶ 部屋を貸す heya o kasu	❷ 耳を貸す mimi o kasu

かたづける

❶ 部屋を片付ける heya o katazukeru	❷ 問題を片付ける mondai o katazukeru

かたまる

❶ セメントが固まる semento ga katamaru	❷ 考え方が固まる kangaekata ga katamaru

かためる

❶ 決心を固める kessin o katameru	❷ 基礎を固める kiso o katameru

かたむける

❶ 耳を傾ける mimi o katamukeru	❷ 全力を傾ける zenryoku o katamukeru

中譯

❶ 租房子	❷ 說悄悄話
❶ 整理房間	❷ 處理問題
❶ 水泥乾涸	❷ 想法頑固
❶ 下定決心	❷ 打穩基礎
❶ 傾聽	❷ 傾注全力

日短句

かつ

❶ 試合に勝つ
siai ni katu

❷ 困難に勝つ
konnan ni katu

かよう

❶ 学校に通う
gakkou ni kayou

❷ バスが通う
basu ga kayou

かりる

❶ 知恵を借りる
tie o kariru

❷ 猫の手も借りたい
neko no te mo karitai

かわる

❶ 運転を代わる
unten o kawaru

❷ 毛虫は蝶に変わる
kemusiwa tyounikawaru

きえる

❶ 雪が消える
yuki ga kieru

❷ 音が消える
oto ga kieru

中譯

❶	❷
贏得比賽	戰勝困難
上學	巴士經過
借智慧	忙得不可開交
換人開車	毛蟲變蝴蝶
雪融了	靜音

か行

日短句

第11軌
03分46秒

きく【効く・利く】

❶ 薬が効く
kusuri ga kiku

❷ 右手が利く
migite ga kiku

きく

❶ 意見を聞く
iken o kiku

❷ 道を聞く
miti o kiku

きめる

❶ 心を決める
kokoro o kimeru

❷ 心に決める
kokoro ni kimeru

きる

❶ ハンドルを切る
handoru o kiru

❷ ラジオを切る
razio o kiru

きる

❶ 恩に着る
on ni kiru

❷ 罪を着る
tumi o kiru

中譯

❶	❷
有藥效	右手靈活
聽取意見	問路
下定決心	心中決定
轉方向盤	關掉收音機
感恩	背上罪名

きれる

❶ 切っても切れない関係
kittemo kirenai kankei

❷ ガソリンが切れる
gasorin ga kireru

くさる

❶ 食べ物が腐る
tabemono ga kusaru

❷ 木が腐る
ki ga kusaru

くずす

❶ 膝を崩す
hiza o kuzusu

❷ 形を崩す
katati o kuzusu

くずれる

❶ 天気が崩れる
tenki ga kuzureru

❷ お札がくずれる
osatu ga kuzureru

くだる

❶ 川を下る
kawa o kudaru

❷ くだらない
kudaranai

中譯

❶	❷
無法割捨的關係	汽油沒了
食物腐敗	木頭腐朽
腳伸直不盤腿	變了形狀
天氣變了	紙鈔換零錢
往河川下游	沒價值的

日短句

第11軌
05分34秒

くもる

❶	❷
空が曇る sora ga kumoru	窓がくもる mado ga kumoru

くらべる

❶	❷
去年と比べる kyonen to kuraberu	前に比べる mae ni kuraberu

くる

❶	❷
春が来る haru ga kuru	チャンスが来る tyansu ga kuru

くれる

❶	❷
日が暮れる hi ga kureru	途方に暮れる tohou ni kureru

けす

❶	❷
姿を消す sugata o kesu	テレビを消す terebi o kesu

中譯

❶	❷
天陰了	窗子不乾淨
和去年相比	和之前比較
春天來了	有了機會
天色晚了	沒辦法
不見蹤影	關掉電視

こえる

1. 海を越える
umi o koeru
2. 年を越える
tosi o koeru

こたえる

1. 呼び掛けに答える
yobikake ni kotaeru
2. 期待にこたえる
kitai ni kotaeru

こぼれる

1. 涙がこぼれる
namida ga koboreru
2. 水がこぼれる
mizu ga koboreru

ごまかす

1. 年を誤魔化す
tosi o gomakasu
2. 世間の目を誤魔化す
seken no me o gomakasu

こまる

1. 返事に困る
henzi ni komaru
2. 生活に困る
seikatu ni komaru

中譯

①	②
越過海洋	跨年
回應	沒辜負期待
流淚	水潑灑出來
謊報年齡	欺世盜名
難以回答	生活困頓

日短句

第11軌
07分21秒

ころがる

❶ ボールが転がる booru ga korogaru	❷ ゆかに転がる yuka ni korogaru

ころぶ

❶ つまずいて転ぶ tumazuite korobu	❷ 転んでまた起きる koronde mata okiru

こむ

❶ 電車が込む densya ga komu	❷ 手が込む te ga komu

こわす

❶ お腹を壊す onaka o kowasu	❷ 気分を壊す kibun o kowasu

こわれる

❶ 花瓶が壊れる kabin ga kowareru	❷ 縁談が壊れる endan ga kowareru

中譯

❶ 球滾動	❷ 跌落地板
❶ 被拌到、跌倒了	❷ 跌倒再爬起來
❶ 電車擁擠	❷ 手邊沒空
❶ 吃壞肚子	❷ 破壞氣氛
❶ 打破花瓶	❷ 媒妁之言不成

日短句

さがる

❶ 気温が下がる
kion ga sagaru

❷ 頭が下がる
atama ga sagaru

さけぶ

❶ 心の中で叫ぶ
kokorononakadesakebu

❷ キャーと叫ぶ
kyaa to sakebu

さげる【提げる・下げる】

❶ バケツを提げる
baketu o sageru

❷ 頭を下げる
atama o sageru

さす

❶ 光がさす
hikari ga sasu

❷ 傘をさす
kasa o sasu

さそう

❶ 人に誘われる
hito ni sasowareru

❷ 涙を誘う
namida o sasou

中譯

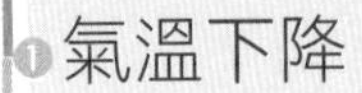
❶ 氣溫下降

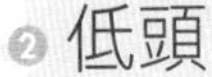
❷ 低頭

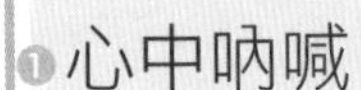
❶ 心中吶喊

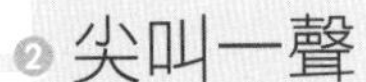
❷ 尖叫一聲

❶ 提著籃子

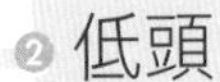
❷ 低頭

❶ 陽光照射

❷ 撐傘

❶ 受人邀請

❷ 賺人眼淚

日短句

第12軌
00分06秒

さだめる

1. 憲法を定める
kenpou o sadameru
2. 天下を定める
tenka o sadameru

さめる【覚める・冷める】

1. 目が覚める
me ga sameru
2. ご飯が冷める
gohan ga sameru

さわる【触る・障る】

1. 手で触る
te de sawaru
2. 気に障る
ki ni sawaru

しく

1. 布団を敷く
huton o siku
2. 鉄道を敷く
tetudou o siku

しずむ

1. 太陽が沈む
taiyou ga sizumu
2. 悲しみに沈む
kanasimi ni sizumu

中譯

①	②
訂定憲法	安定天下
眼睛睜開	飯菜涼了
用手碰觸	不順心
鋪蓋棉被	裝設鐵路
太陽下山	陷於悲傷

したがう

❶ ルールに従う
ruuru ni sitagau

❷ 流れに従う
nagare ni sitagau

しばる

❶ 時間に縛られる
zikan ni sibarareru

❷ 義務で縛る
gimu de sibaru

しまう

❶ 箪笥にしまう
tansu ni simau

❷ 店をしまう
mise o simau

しめす

❶ 反応を示す
hannou o simesu

❷ 方法を示す
houhou o simesu

しんじる

❶ 正しいと信じる
tadasii to sinziru

❷ 固く信じる
kataku sinziru

中譯

❶	❷
按照規定	順勢而行
受時間限制	礙於義務
收進衣櫥	商店打烊
有所反應	展示方法
相信是正確的	堅定相信

さ行

日短句

第12軌
01分59秒

すぎる

❶ 冬が過ぎる
huyu ga sugiru

❷ 冗談が過ぎる
zyoudan ga sugiru

すく

❶ お腹がすく
onaka ga suku

❷ 道がすく
miti ga suku

すごす

❶ 時を過ごす
toki o sugosu

❷ 酒を過ごす
sake o sugosu

すすむ

❶ 先に進む
saki ni susumu

❷ 改良が進む
kairyou ga susumu

すすめる

❶ 仕事を進める
sigoto o susumeru

❷ 話を進める
hanasi o susumeru

中譯

❶	❷
冬天過去	玩笑開過頭
肚子餓	道路清空
渡過時間	喝酒過頭
往前進	不斷改良
進行工作	繼續話題

すてる

❶ 紙くずを捨てる
kamikuzu o suteru

❷ 命を捨てる
inoti o suteru

すべる

❶ 滑り込む
suberikomu

❷ 口が滑る
kuti ga suberu

すむ

❶ 住めば都
sumeba miyako

❷ 住む場所
sumu basyo

すむ

❶ 宿題が済む
syukudai ga sumu

❷ 済まない気持ち
sumanai kimoti

する

❶ 何かをする
nanika o suru

❷ 音がする
oto ga suru

中譯

❶ 丟紙屑　❷ 捨命

❶ 滑跌　❷ 說溜了嘴

❶ 住久了就習慣　❷ 居住所在

❶ 功課做完　❷ 歉疚的心情

❶ 做點什麼事　❷ 有聲音

日短句

第12軌
03分45秒

すわる

❶ 横に座る yoko ni suwaru	❷ 船が座る hune ga suwaru

そだてる

❶ 子供を育てる kodomo o sodateru	❷ 考え方を育てる kangaekata o sodateru

そむく

❶ 命令に背く meirei ni somuku	❷ 太陽に背く taiyou ni somuku

そめる

❶ 真っ赤に染める makka ni someru	❷ 手を染める te o someru

そろえる

❶ 物を揃える mono o soroeru	❷ 口を揃える kuti o soroeru

中譯

❶ 坐在旁邊	❷ 船擱淺
❶ 養育孩子	❷ 培養思考力
❶ 違背命令	❷ 背對太陽
❶ 染成全紅	❷ 沾上手
❶ 萬物齊全	❷ 異口同聲

日短句

第13軌
00分04秒

たえる

1. 気候に耐える
kikou ni taeru
2. 困難に耐える
konnan ni taeru

たえる

1. 笑い声が絶えない
waraigoe ga taenai
2. 仕送りが絶える
siokuri ga taeru

たおす

1. 敵を倒す
teki o taosu
2. 内閣を倒す
naikaku o taosu

たおれる

1. 病気に倒れる
byouki ni taoreru
2. 会社が倒れる
kaisya ga taoreru

だく

1. 子供を抱く
kodomo o daku
2. 卵を抱く
tamago o daku

中譯

1. 忍受氣候
2. 忍受困難

1. 笑聲不斷
2. 生活費中斷

1. 打倒敵人
2. 倒閣

1. 病倒
2. 公司破產

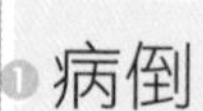
1. 抱孩子
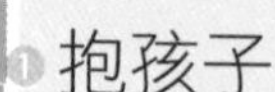
2. 孵蛋

た行

日短句

第13軌
01分02秒

たすける

❶ 命を助ける
inoti o tasukeru

❷ 消化を助ける
syouka o tasukeru

たたく

❶ 太鼓を敲く
taiko o tataku

❷ お尻をたたく
osiri o tataku

たたむ

❶ 布団を畳む
huton o tatamu

❷ 傘をたたむ
kasa o tatamu

たつ

❶ 役に立つ
yaku ni tatsu

❷ 腹が立つ
hara ga tatu

たつ【絶つ・裁つ】

❶ 消息を絶つ
syousoku o tatu

❷ 布を裁つ
nuno o tatu

中譯

❶	❷
救命	幫助消化
敲太鼓	打屁股
疊棉被	收傘
有用處	生氣
消息斷絕	裁布

たまる

❶ ゴミが溜まる
gomi ga tamaru

❷ 仕事が溜まる
sigoto ga tamaru

ためる

❶ 食べ物を貯める
tabemono o tameru

❷ 切手を貯める
kitte o tameru

ためす

❶ あれこれと試す
arekore to tamesu

❷ 実力を試す
zituryoku o tamesu

たりる

❶ おつりが足りない
oturi ga tarinai

❷ 眠りが足りない
nemuri ga tarinai

ちぢむ

❶ セーターが縮む
seetaa ga tizimu

❷ 伸びたり縮んだり
nobitari tizindari

中譯

❶ 堆積垃圾	❷ 工作堆積
❶ 儲存食物	❷ 集郵
❶ 各種嘗試	❷ 測試實力
❶ 零錢不夠	❷ 睡眠不足
❶ 毛衣縮水	❷ 伸縮自如

日短句

第13軌
02分43秒

ちぢめる

❶ 首を縮める
kubi o tizimeru

❷ 寿命を縮める
zyumyou o tizimeru

つうじる

❶ 道が通じる
miti ga tuuziru

❷ 電流が通じる
denryuu ga tuuziru

つかう

❶ 人を使う
hito o tukau

❷ 気をつかう
ki o tukau

つかまえる

❶ 犯人を捕まえる
hannin o tukamaeru

❷ 機会をつかまえる
kikai o tukamaeru

つかむ

❶ チャンスをつかむ
tyansu o tukamu

❷ 雲をつかむよう
kumo o tukamuyou

中譯

❶	❷
縮著頭	減短壽命
道路通暢	電流流通
差人做事	注意
捕捉犯人	把握機會
把握機會	捉摸不定

つく

❶ しみがつく
simi ga tuku

❷ 身につく
mi ni tuku

つつむ

❶ 霧に包まれる
kiri ni tutumareru

❷ 敵軍を包む
tekigun o tutumu

つとめる

❶ 役を務める
yaku o tutomeru

❷ 会社に務める
kaisya ni tutomeru

つぶれる

❶ 目がつぶれる
me ga tubureru

❷ 面目がつぶれる
menboku ga tubureru

つまる

❶ トイレが詰まる
toire ga tumaru

❷ 予定が詰まる
yotei ga tumaru

中譯

❶ 有污漬	❷ 學會／學成
❶ 處在霧中	❷ 包圍敵軍
❶ 盡責任	❷ 在公司工作
❶ 閉上眼睛	❷ 失去面子
❶ 廁所不通	❷ 行程滿檔

日短句

第13軌
04分17秒

つめる

❶ 箱に詰める hako ni tumeru	❷ 生活をつめる seikatu o tumeru

つむ

❶ 山のように積む yama no youni tumu	❷ 経験を積む keiken o tumu

つれる

❶ 犬を連れる inu o tureru	❷ 連れて帰る turete kaeru

であう

❶ 事件に出会う ziken ni deau	❷ 二人が出会う hutari ga deau

でかける

❶ 外へ出かける soto e dekakeru	❷ 散歩に出かける sanpo ni dekakeru

中譯

❶ 裝箱	❷ 生活節儉
❶ 堆積如山	❷ 累積經驗
❶ 蹓狗	❷ 帶回家
❶ 遇到意外	❷ 兩人相遇
❶ 出門	❷ 出去散步

できる

❶ 作物ができる
sakubutu ga dekiru

❷ できるだけ
dekirudake

てらす

❶ 光が照らす
hikari ga terasu

❷ 照らし合わせる
terasi awaseru

でる

❶ 家を出る
ie o deru

❷ 声に出る
koe ni deru

とおす

❶ 針に糸を通す
hari ni ito o toosu

❷ 客を通す
kyaku o toosu

とおる

❶ 風が通る
kaze ga tooru

❷ 道を通る
miti o tooru

中譯

❶	❷
農作物成熟	盡可能
光線照射	對照
離家	出聲
穿針線	帶客
風流通	通過街道

日短句

第13軌
05分48秒

とく

❶	❷
紐を解く himo o toku	謎を解く nazo o toku

とける

❶	❷
紐が解ける himo ga tokeru	禁止が解ける kinsi ga tokeru

とどく

❶	❷
目が届く me ga todoku	便りが届く tayori ga todoku

とどける

❶	❷
荷物を届ける nimotu o todokeru	交番に届ける kouban ni todokeru

とぶ

❶	❷
ページがとぶ peezi ga tobu	話がとぶ hanasi ga tobu

中譯

❶	❷
解開帶子	解開謎題
解開帶子	解除禁止
眼睛看到	信件送到
寄送貨物	交給派出所
（書）掉頁	說話跳接

な行

日短句

第14軌
00分04秒

なおす【直す・治す】

❶ ドルを円に直す doru o en ni naosu	❷ 仲間を直す nakama wo naosu

なおる【直る・治る】

❶ 癖が直る kuse ga naoru	❷ 近眼が治る kingan ga naoru

ながめる

❶ 頂上から眺める tyouzyou kara nagameru	❷ じっと眺める zitto nagameru

ながす

❶ 水に流される mizu ni nagasareru	❷ デマを流す dema o nagasu

ながれる

❶ 月日が流れる tukihi ga nagareru	❷ 川が流れる kawa ga nagareru

中譯

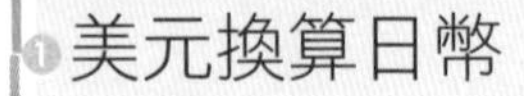

❶ 美元換算日幣	❷ 重修舊好
❶ 習慣改了	❷ 近視好了
❶ 從山頂眺望	❷ 一直凝視
❶ 放水流	❷ 謠言流傳
❶ 日月流轉	❷ 水流

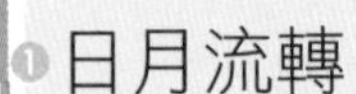

な行

日短句

第14軌
01分00秒

なく

① 鶏が鳴く
niwatori ga naku

② 蛙が鳴く
kaeru ga naku

ならぶ

① 客が並ぶ
kyaku ga narabu

② 看板が並ぶ
kanban ga narabu

ならべる

① 順に並べる
zyun ni naraberu

② 本を並べる
hon naraberu

なる

① 主役になる
syuyaku ni naru

② 実がなる
mi ga naru

なる

① 雷が鳴る
kaminari ga naru

② 耳が鳴る
mimi ga naru

中譯

① 雞鳴　② 蛙叫

① 客人排隊　② 招牌並列

① 照順序排　② 排列書本

① 當主角　② 有了結果

① 打雷　② 耳鳴

なれる

❶	❷
慣れた場所 nareta basyo	目が慣れる me ga nareru

にごる

❶	❷
水が濁る mizu ga nigoru	声が濁る koe ga nigoru

ぬく

❶	❷
刺を抜く toge o nuku	力を抜く tikara o nuku

ぬすむ

❶	❷
物を盗む mono o nusumu	目を盗む me o nusumu

ぬる

❶	❷
薬を塗る kusuri o nuru	ペンキを塗る penki o nuru

中譯

❶	❷
熟悉的地方	看習慣
水質混沌	聲音嘶啞
拔刺	沒了力氣
偷東西	掩人耳目
塗藥	塗油漆

日短句

第14軌
02分38秒

ぬれる

① おむつが濡れる omutu ga nureru	② 靴が濡れる kutu ga nureru

のこす

① 名を残す na o nokosu	② 食事を残す syokuzi o nokosu

のこる

① 会社に残る kaisya ni nokoru	② 心に残る kokoro ni nokoru

のばす

① 背筋を伸ばす sesuzi o nobasu	② 髪を延ばす kami o nobasu

のぼる【登る・上る】

① 屋根に登る yane ni noboru	② 川を上る kawa o noboru

中譯

① 尿片濕了	② 鞋子濕了
① 留名	② 剩下飯菜
① 留在公司	② 記在心裡
① 伸展背脊	② 留頭髮
① 爬屋頂	② 溯溪而上

日短句

第15軌
00分04秒

はいる

1. 教室に入る
kyousitu ni hairu
2. 耳から入る
mimi kara hairu

はえる

1. 草が生える
kusa ga haeru
2. 歯が生える
ha ga haeru

はかる【測る・計る】

1. 体温を測る
taion o hakaru
2. タイムを計る
taimu o hakaru

はく

1. 階段を掃く
kaidan o haku
2. 箒で掃く
houki de haku

はく

1. 弱音を吐く
yowane o haku
2. 息を吐く
iki o haku

中譯

❶	❷
進入教室	傳進耳中
草生長	長牙齒
量體溫	測時間
掃樓梯	用掃帚掃
説洩氣話	吐氣

日短句

第15軌
00分56秒

はこぶ

❶ 足を運ぶ asi o hakobu	❷ 荷物を運ぶ nimotu o hakobu

はさむ

❶ 指を挟む yubi o hasamu	❷ しおりを挟む shiori o hasamu

はじまる

❶ 春が始まる haru ga hazimaru	❷ 映画が始まる eiga ga hazimaru

はじめる

❶ 勉強を始める benkyou o hazimeru	❷ 工事を始める kouzi o hazimeru

はしる

❶ 電車が走る densya ga hasiru	❷ 廊下を走る rouka o hasiru

中譯

❶ 前往	❷ 搬運貨物
❶ 夾到手指	❷ 夾書籤
❶ 春天開始	❷ 電影開始放映
❶ 開始讀書	❷ 開工
❶ 電車通行	❷ 在走廊奔跑

はずす

❶ ボタンをはずす
botan o hazusu

❷ 眼鏡をはずす
megane o hazusu

はずれる

❶ ボタンが外れる
botan ga hazureru

❷ 考えが外れる
kangae ga hazureru

はずむ

❶ 心が弾む
kokoro ga hazumu

❷ 話が弾む
hanasi ga hazumu

はたらく

❶ 頭が働く
atama o hataraku

❷ 悪事を働く
akuzi o hataraku

はなす

❶ 友達と話す
tomodati to hanasu

❷ 英語で話す
eigo de hanasu

中譯

❶	❷
解開鈕釦	摘下眼鏡
鈕釦掉了	事與願違
興奮	說得起勁
動腦	做壞事
和朋友說話	用英語說

日短句

第15軌
02分42秒

はなす

❶ 手を放す te o hanasu	❷ 鳥を放す tori o hanasu

はなれる

❶ そばを離れる soba o hanareru	❷ 時代が離れる zidai ga hanareru

はらう

❶ ほこりを払う hokori o harau	❷ 注意を払う tyuui o harau

はる

❶ 根が張る ne ga haru	❷ テントを張る tento o haru

はれる

❶ 雨が晴れる ame ga hareru	❷ 心が晴れる kokoro ga hareru

中譯

❶ 鬆手	❷ 放鳥自由
❶ 離開身邊	❷ 跟不上時代
❶ 撢灰塵	❷ 注意
❶ 扎根	❷ 搭帳棚
❶ 雨停了	❷ 心情開朗

ひえる

❶ 関係が冷える
kankei ga hieru

❷ 料理が冷える
ryouri ga hieru

ひかる

❶ 稲妻が光る
inazuma ga hikaru

❷ 星が光る
hosi ga hikaru

ひく

❶ 人目を引く
hitome o hiku

❷ 籤を引く
kuzi o hiku

ひねる

❶ 頭をひねる
atama o hineru

❷ 問題をひねる
mondai o hineru

ひやす

❶ 頭を冷やす
atama o hiyasu

❷ ビールを冷やす
biiru o hiyasu

中譯

❶	❷
關係冷卻	料理涼了
閃電	星光閃亮
引人注意	抽籤
絞盡腦汁	把問題弄複雜
冷靜下來	冷卻啤酒

第15軌
04分20秒

ひらく

❶ 傘を開く kasa o hiraku	❷ 花が開く hana ga hiraku

ひろがる

❶ 噂が広がる uwasa ga hirogaru	❷ 不安が広がる huan ga hirogaru

ひろげる

❶ 両手を広げる ryoute o hirogeru	❷ 店を広げる mise o hirogeru

ふえる

❶ 予算が増える yosan ga hueru	❷ 家族が増える kazoku ga hueru

ふく

❶ 笛を吹く hue o huku	❷ 法螺を吹く hora o huku

中譯

❶ 撐傘	❷ 花開
❶ 謠言傳開	❷ 不安擴大
❶ 攤開兩手	❷ 擴張店面
❶ 預算增加	❷ 家人增多
❶ 吹笛子	❷ 吹牛

日短句

ふく

❶ 手を拭く
te o huku

❷ 窓を拭く
mado o huku

ふくむ

❶ 日本人を含む
nihonzin o hukumu

❷ サービス料を含む
saabisuryou o hukumu

ふくらむ

❶ つぼみが膨らむ
tubomi ga hukuramu

❷ 予算が膨らむ
yosan ga hukuramu

ふくれる

❶ 膨れた顔
hukureta kao

❷ 腹が膨れる
hara ga hukureru

ふせぐ

❶ 敵を防ぐ
teki o husegu

❷ 火事を防ぐ
kazi o husegu

中譯

❶	❷
擦手	擦窗子
包括日本人	包含服務員
花蕾綻放	追加預算
臉鼓起來	肚子大起來
防禦敵人	防止火災

日短句

第15軌
06分02秒

ぶつかる

1. 問題にぶつかる mondai ni butukaru
2. 日がぶつかる hi ga butukaru

ふる

1. 手を振る te o huru
2. 塩を振る shio o huru

へる

1. 事故が減る ziko ga heru
2. お腹が減る onaka ga heru

ほる

1. 穴を掘る ana o horu
2. トンネルを掘る tonneru o horu

ほる

1. 仏像を彫る butuzou o horu
2. 刺青をほる irezumi o horu

中譯

1	2
遇到問題	撞期
揮手	撒鹽
減少事故	肚子餓
挖洞	挖隧道
雕刻佛像	刺上刺青

ま行

日短句

第16軌
00分04秒

まかせる

❶ 運を天に任せる
un o ten ni makaseru

❷ 仕事を任せる
shigoto o makaseru

まがる

❶ 道が曲がる
miti ga magaru

❷ 角を曲がる
kado o magaru

まげる

❶ 腰を曲げる
kosi o mageru

❷ 信念を曲げる
shin nen o mageru

まく

❶ 種を撒く
tane o maku

❷ 水を撒く
mizu o maku

まく

❶ 包帯を巻く
houtai o maku

❷ マフラーを巻く
mahuraa o maku

中譯

❶	❷
聽天由命	委託工作
道路轉彎	轉角轉彎
彎腰	妥協
撒種	撒水
纏上繃帶	圍圍巾

ま行

日短句

まける

❶	❷
試合に負ける siai ni makeru	誘惑に負ける yuuwaku ni makeru

まじる

❶	❷
赤と白がまじる aka to siro ga maziru	米に石がまじる kome ni isi ga maziru

第16軌
00分59秒

まちがえる

❶	❷
計算を間違える keisan o matigaeru	道を間違える miti o matigaeru

まつ

❶	❷
信号を待つ singou o matu	礼を持って待つ rei o motte matu

まとまる

❶	❷
一つにまとまる hitotu ni matomaru	考えがまとまる kangae ga matomaru

中譯

❶	❷
比賽輸了	受到誘惑
紅白混合	米中混雜石子
計算錯誤	走錯路
等待信號燈	以禮相待
湊成一個	歸納意見

まとめる

1. 一ヵ所にまとめる
ikkasyo ni matomeru
2. 文章をまとめる
buhsyou o matomeru

まもる

1. 家族を守る
kazoku o mamoru
2. 約束を守る
yakusoku o mamoru

まよう

1. 道に迷う
miti ni mayou
2. 返答に迷う
hentou ni mayou

まわす

1. 目を回す
me o mawasu
2. ハンドルを回す
handoru o mawasu

まわる

1. ぐるぐる回る
guruguru mawaru
2. 八時を回る
hatizi o mawaru

中譯

1 集中一處	2 寫完文章
1 保護家人	2 遵守約定
1 迷路	2 不知如何回答
1 吃驚	2 轉動方向盤
1 團團轉	2 過八點了

ま行

日短句

第16軌
02分52秒

みえる

❶	❷
目に見える me ni mieru	病気と見える byouki to mieru

みがく

❶	❷
包丁を磨く houtyou o migaku	ぴかぴかに磨く pikapika ni migaku

みせる

❶	❷
姿を見せる sugata o miseru	病気のように見せる byouki no youni miseru

みつかる

❶	❷
姿が見つかる sugata ga mitukaru	落し物が見つかる otosimonogamitukaru

みとめる

❶	❷
努力を認める doryoku o mitomeru	才能を認める sainou o mitomeru

中譯

❶	❷
看見	看起來有病
磨刀	磨亮
亮相	裝病
發現蹤影	找到失物
努力獲得認可	才能獲得肯定

まㅤ行

日短句

みる【見る・診る】

❶ 様子を見る
yousu o miru

❷ 脈を診る
myaku o miru

むかえる

❶ 客を迎える
kyaku o mukaeru

❷ 新年を迎える
shin nen o mukaeru

むく

❶ 横を向く
yoko o muku

❷ 南に向く
minami ni muku

むく【剥く】

❶ 皮を剥く
kawa o muku

❷ 歯を剥く
ha o muku

むすぶ

❶ 関係を結ぶ
kankei o musubu

❷ 条約を結ぶ
zyouyaku o musubu

中譯

❶ 看情況
❷ 把脈

❶ 接客人
❷ 迎接新年

❶ 轉向旁邊
❷ 向南

❶ 剝皮
❷ 露出牙齒

❶ 締結關係
❷ 訂定條約

ま行

日短句

第16軌
04分29秒

もうける

❶ お金を儲ける
okane o moukeru

❷ 子供を儲ける
kodomo o moukeru

もえる

❶ 燃える情熱
moeru zyounetu

❷ 火が燃える
hi ga moeru

もぐる

❶ 水に潜る
mizu ni moguru

❷ コタツにもぐる
kotatu ni moguru

もつ

❶ 家を持つ
ie o motu

❷ 才能を持つ
sainou o motu

もとめる

❶ 助けを求める
tasuke o motomeru

❷ 幸福を求める
kouhuku o motomeru

中譯

❶	❷
賺錢	有孩子
熱情如火	火燃燒
潛入水裡	鑽進暖爐矮桌
有家庭	有才能
尋求幫助	追求幸福

日短句

第17軌
00分04秒

やく

❶ 卵を焼く
tamago o yaku

❷ 世話を焼く
sewa o yaku

やける

❶ 真っ赤に焼ける
makka ni yakeru

❷ パンが焼ける
pan ga yakeru

やしなう

❶ 子を養う
ko o yasinau

❷ 体力を養う
tairyoku o yasinau

やすむ

❶ 休む暇がない
yasumu hima ga nai

❷ 休まず続く
yasumazu tuzuku

やせる

❶ 人が痩せる
hito ga yaseru

❷ 病気で痩せる
byouki de yaseru

❶	❷
煎蛋	照顧
烤得通紅	麵包烤好
養育孩子	培養體力
沒有閒暇時間	不休息
人瘦了	因病消瘦

日短句

やぶる

❶ 殻を破る
kara o yaburu

❷ 決まりを破る
kimari o yaburu

やぶれる【破れる・敗れる】

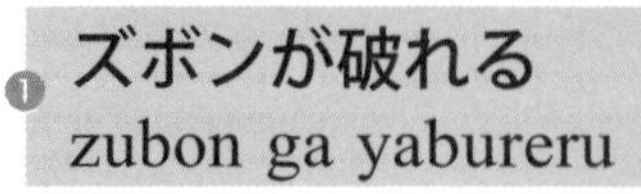

❶ ズボンが破れる
zubon ga yabureru

❷ 試合で敗れる
siai de yabureru

第17軌
00分55秒

やむ

❶ 騒ぎが止む
sawagi ga yamu

❷ 音が止む
oto ga yamu

やる

❶ 小遣いをやる
okozukai o yaru

❷ サッカーをやる
sakkaz o yaru

ゆずる

❶ 物を譲る
mono o yuzuru

❷ 道を譲る
miti o yuzuru

中譯

❶ 打破外殼　❷ 破壞規矩

❶ 褲子破了　❷ 比賽輸了

❶ 騷動停止　❷ 聲響沒了

❶ 給零用錢　❷ 玩足球

❶ 把東西讓出來　❷ 讓路

日短句

ゆるす

❶ 面会を許す
menkai o yurusu

❷ 罪を許す
tumi o yurusu

ゆれる

❶ 橋が揺れる
hasi ga yureru

❷ 決意が揺れる
ketui ga yureru

よう

❶ 乗り物に酔う
norimono ni you

❷ 雰囲気に酔う
hun iki ni you

よごれる

❶ 泥によごれる
doro ni yogoreru

❷ 服が汚れる
huku ga yogoreru

よぶ

❶ 人気を呼ぶ
ninki o yobu

❷ 話題を呼ぶ
wadai o yobu

中譯

❶ 允許見面	❷ 赦罪
❶ 吊橋搖晃	❷ 決心動搖
❶ 暈車（船、飛機 ）	❷ 沉醉其中
❶ 滿身泥濘	❷ 衣服髒了
❶ 受歡迎	❷ 引起話題

第18軌
00分04秒

わかる

❶ わけが分かる
wake ga wakaru

❷ 絵が分かる
e ga wakaru

わかれる【別れる・分かれる】

❶ 家族と別れる
kazoku to wakareru

❷ 東西に分かれる
touzai ni wakareru

わく

❶ 温泉がわく
onsen ga waku

❷ 勇気がわく
yuuki ga waku

わすれる

❶ 物を忘れる
mono o wasureru

❷ 時の経つのを忘れる
tokinotatuno o wasureru

わたす

❶ 橋を渡す
hasi o watasu

❷ 手紙を渡す
tegami o watasu

中譯

❶ 明白原因

❷ 了解繪畫

❶ 和家人分離

❷ 分為東西

❶ 湧出溫泉

❷ 提起勇氣

❶ 忘記東西了

❷ 忘了時間

❶ 過橋

❷ 交付信件

第3章

短句應用

短句應用

第19軌
00分
19秒

• 自然を愛する shizen o aisuru 愛好自然	• 愛を貫く ai o tsuranuku 愛到底
• 挨拶を返す aisatsu o kaesu 答禮	• 挨拶を交わす aisatsu o kawasu 互相問候
• 愛情が深い aizyou ga fukai 愛情深厚	• 愛情を失う aizyou o ushinau 失去愛情
• 間にはさむ aidani hasamu 夾在中間	• しばらくの間 shibaraku no aida 暫時
• 相手の人 aite no hito 對方	• 相手にしない aite ni shinai 不放在眼裡
• 明かりがつく akari ga tsuku 點亮燈	• ネオンの明かり neon no akari 霓虹燈的燈光
• 空が明るい sora ga akarui 天色亮	• 性格が明るい sikaku ga akarui 性格開朗
• 日が浅い hi ga asai 時間短	• 経験が浅い keiken ga asai 經驗少
• 足を運ぶ ashi o hakobu 前往	• テーブルの足 te-buru no ashi 桌腳

第19軌
01分
40秒

●汗が出る ase ga deru 流汗	●汗を拭く ase o huku 擦汗
●温かいご飯 atatakai gohan 熱騰騰的飯	●暖かい家庭 atadakai katei 溫暖的家庭
●頭を痛める atama o itameru 令人頭痛	●頭を使う adama o tsukau 用腦
●この辺り kono atari 附近	●今夜辺り konya atari 今晚左右
●傷の痕 kizu no ato 傷痕	●成長の跡 seicyou no ato 成長的軌跡
●針の穴 hari no ana 針孔	●穴を埋める ana o umeru 掩埋洞穴
●子供に甘い kodomo ni amai 寵愛孩子	●甘い考え amai kangae 想法天真
●雨が止む ame ga yamu 雨停了	●雨に濡れる ame ni nureru 被雨淋
●感じがいい kanzi ga ii 感覺不錯	●都合がいい tsugou ga ii 方便

短句應用

第20軌
00分
04秒

●家を借りる ie o kariru 租屋	●家を建てる ie o tateru 蓋房子
●息をする iki o suru 呼吸	●息が苦しい iki ga kurusii 沉悶
●命に懸ける inoti ni kakeru 賭上生命	●命を懸ける inoti o kakeru 拼命
●色を塗る iro o nuru 塗顏色	●色がつく iro ga tuku 有顏色
●腕を組む ude o kumu 挽著胳臂	●腕がよい ude ga yoi 有本事
●気分が重い kibun ga omoi 心情沉重	●病気が重い byouki ga omoi 病情嚴重
●顔を出す kao o dasu 出面	●嬉しそうな顔 uresisouna kao 很高興的表情
●信用を回復する sin you o kaihukusuru 挽回信用	●意識が回復する isiki ga kaihukusuru 恢復意識
●価値が分からない kati ga wakaranai 不知道價值	●一見の価値がある ikken no kati ga aru 有一看的價值

● 活動が終わる katudou ga owaru 活動結束	● 火山の活動 kazan no katudou 火山的活動
● 家庭のしつけ katei no situke 家庭教養	● 家庭を作る katei o tukuru 成家
● 金を貯める kane o tameru 存錢	● 金を払う kane o harau 付錢
● 壁にぶつかる kabe ni butukaru 撞到牆	● 壁に耳あり kabe ni mimi ari 隔牆有耳
● 空腹を我慢する kuuhuku o gaman suru 忍受餓肚子	● 我慢できないほど gaman dekinai hodo 簡直無法忍耐
● 考えが甘い kangae ga amai 想法天真	● 考えをまとめる kangae o matomeru 綜合想法
● 関係がない kankei ga nai 沒有牽連	● 仕事の関係 sigoto no kankei 工作的關係
● 気がする ki ga suru 感覺到	● 気になる ki ni naru 在意
● 記憶を失う kioku o usinau 失去記憶	● 記憶に残る kioku ni nokoru 記得

第21軌
00分
04秒

●機会を与える kikai o ataeru 給予機會	●機会を逃す kikai o nogasu 錯失機會
●危険を感じる kiken o kanziru 覺得危險	●危険な状態 kikenna zyoutai 危險的狀態
●機嫌が悪い kigen ga warui 心情惡劣	●機嫌を直す kigen o naosu 調整心情
●期限を守る kigen o mamoru 遵守期限	●期限が切れる kigen ga kireru 到期
●気候がよい kikou ga yoi 氣候好	●気候の変化 kikou no henka 氣候的變化
●規則を破る kisoku o yaburu 破壞規則	●規則に従う kisoku ni sitagau 遵守規則
●期待をかける kitai o kakeru 寄望	●期待に反する kitai ni hansuru 令人失望
●字が汚ない zi ga kitanai 字很難看	●きたない声 kitanai koe 不好聽的聲音
●厳しい冬 kibisiihuyu 嚴寒的冬天	●しつけが厳しい situke ga kibisii 教養嚴格

第21軌
01分
16秒

●気持ちを考える kimoti o kangaeru 體諒心情	●ほんの気持ち honno kimoti 一點意思
●行事を行う gyouzi o okonau 舉辦例行活動	●月々の行事 tukizuki no gyouzi 每個月的例行公事
●共通の意見 kyoutuu no iken 共同的意見	●共通する点 kyoutuusuru ten 共通點
●興味がわく kyoumi ga waku 產生興趣	●興味を持つ kyoumi o motu 擁有興趣
●協力を得る kyouryouku o eru 獲得合作	●協力を求める kyouryoku o motomeru 尋求合作
●許可を下ろす kyoka o orosu 給予許可	●許可を取る kyoka o toru 獲得許可
●距離を置く kyori o oku 保持距離	●距離が縮まる kyori ga tizimaru 距離縮短
●記録に残す kiroku ni nokosu 留下記錄	●記録を作る kiroku o tukuru 創記錄
●胃腸の具合 ityou no guai 腸胃的情況	●具合がよい guai ga yoi 順利

短句應用

第22軌
00分
04秒

●澄んだ空気 sunda kuuki 空氣清新	●空気が汚れる kuuki ga yogoreru 空氣髒
●話し方を工夫する hanasikata o kuhuusuru 用心在說話方式	●工夫を凝らす kuhuu o korasu 下工夫
●タバコ臭い tabako kusai 香菸味	●面倒臭い mendou kusai 麻煩
●消しゴムの屑 kesigomu no kuzu 橡皮擦屑	●パンの屑 pan no kuzu 麵包的碎屑
●癖になる kuse ni naru 成為習慣	●癖がある kuse ga aru 有癖好
●区別がつく kubetu ga tuku 區分出來	●区別がはっきりする kubetu ga hakkiri suru 區別清楚
●性格が暗い seikaku ga kurai 性格不開朗	●見通しが暗い mitoosi ga kurai 前景暗淡
●息が苦しい iki ga kurusii 呼吸困難	●暮らしが苦しい kurasi ga kurusi 生活困苦
●くわしく説明する kuwasiku setumei suru 詳細說明	●地理にくわしい tiri ni kuwasii 精通地理

第22軌
01分
23秒

●体を訓練する karada o kunren suru 訓練身體	●訓練を行う kunren o okonau 進行訓練
●計画を立てる keikaku o tateru 定立計劃	●計画通り keikakudoori 按照計劃
●計算が速い keisan ga hayai 計算快速	●計算が合う keisan ga au 計算吻合
●結果が現れる kekka ga arawareru 出現結果	●結果を生む kekka o umu 產生結果
●決心がつく kessin ga tuku 下定決心	●決心が固い kessin ga katai 決心堅定
●決定を延ばす ketei o nobasu 延期決定	●決定に従う kettei ni sitagau 依照決定
●結論を出す keturon o dasu 提出結論	●結論に達する keturon ni tassuru 達成結論
●元気一杯 genki ippai 精神充沛	●元気が出る genki ga deru 有精神
●健康に注意する kenkou ni cyuui suru 注意健康	●健康を害する kenkou o gaisuru 有害健康

短句應用

第23軌
00分
04秒

•権利がある kenri ga aru 有權利	•権利を失う kenri o usinau 失去權利
•効果をあげる kouka o ageru 提高效果	•効果がない kouka ga nai 沒有效果
•公式に使う kousiki ni tukau 正式使用	•公式の発表 kousiki no happyou 正式發表
•文章の構造 bunsyou no kouzou 文章的構造	•構造を変える kouzou o kaeru 改變構造
•行動を共にする koudou o tomo ni suru 一起行動	•行動に移す koudou ni utusu 付諸行動
•公平に分ける kouhei ni wakeru 公平分配	•公平に扱う kouhei ni atukau 公平對待
•東西の交流 touzai no kouryuu 東西交流	•文化を交流する bunka o kouryuusuru 交流文化
•声を上げる koe o ageru 提高嗓子	•声が響く koe ga hibiku 聲音響亮
•心を込める kokoro o komeru 傾注心力	•心を動かす kokoro o ugokasu 動人心弦

● 腰を抜かす koshi o nukasu 大吃驚	● 腰が強い koshi ga tsuyoi 有腰力、不氣餒
● 言葉を交わす kooba o kawasu 交談	● 言葉が足りない kotoba ga tarinai 話語不足以形容
● お金を細かくする okaneo komakaku suru 換零錢	● 細かい点 komakai ten 細節
● 差がつく sa ga tsuku 有差距	● 差をつける sa o tsukeru 有落差
● 酒に酔う sake ni you 醉酒	● 酒に弱い sake ni yowai 酒量不好
● 叫びが聞こえる sakebi ga kikoeru 聽見叫喊聲	● 叫びを上げる sakebi o ageru 大聲喊叫
● 寂しい顔 sabishii kao 孤單的表情	● 口が寂しい kuchi ga sabishii 想吃點東西
● 時間がかかる zikan ga kakaru 需要時間	● 時間をかける zikan o kakeru 花費時間
● 時期を選ぶ ziki o erabu 擇日	● 成長する時期 seicyousuru ziki 成長時期

第23軌
01分
08秒

短句應用

第24軌 00分 04秒

•事業を広げる zigyou o hirogeru 擴張事業	•事業に失敗する zigyou ni shipaisuru 事業失敗
•刺激を与える shigeki o ataeru 給予刺激	•刺激を受ける shigeki o ukeru 受到刺激
•事件が起きる zikenga o kiru 事件發生	•事件を起こす ziken o okosu 引發事件
•決まった時刻 kimatta zikoku 決定的時間	•発車の時刻 hassya no zikoku 開車時間
•仕事を済ませる shigoto o sumaseru 做完工作	•仕事を任す shigoto o makasu 委託工作
•姿勢が悪い shisei ga warui 姿勢不好	•姿勢を正す shisei o tadasu 矯正姿勢
•自然に恵まれる shizen ni megumareru 得天獨厚	•自然を満喫する shizen o mankitsusuru 享受大自然
•時代を問わず zidai o towazu 無論什麼時代	•時代が変わる zidai ga kawaru 時代變了
•算数を指導する sansuu o shidousuru 教導算數	•指導を受ける shidou o ukeru 接受教導

- **感情に支配される**
  kanzyou ni shihai sareru
  受感情支配
- **運命を支配する**
  unmei o shihai suru
  支配命運

第24軌
01分
17秒

- **写真が載る**
  syashin ga noru
  附相片
- **写真を貼る**
  syashin o haru
  貼照片
- **邪魔になる**
  zyama ni naru
  造成麻煩
- **邪魔が入る**
  zyama ga hairu
  有干擾
- **習慣をつける**
  syuukan o tsukeru
  培養習慣
- **習慣になる**
  syuukan ni naru
  成為習慣
- **宗教を信じる**
  syuukyou o shinziru
  信教
- **宗教を伝える**
  syuukyou o tsutaeru
  傳教
- **条件を持ち出す**
  zyouken o mochi dasu
  提出條件
- **条件を満たす**
  zyouken o mitasu
  滿足條件
- **証拠が見つかる**
  syoukou ga mitsukaru
  找到證據
- **証拠に基づく**
  syoukou ni motozuku
  依據證據
- **常識から見る**
  zyoushiki kara miru
  以常理來看
- **常識はずれ**
  zyoushiki hazure
  不合常規
- **商売がうまい**
  syoubai ga umai
  擅長做生意
- **商売になる**
  syoubai ni naru
  可當作生意

國家圖書館出版品預行編目資料

世界最簡單 日語短句/朱燕欣, 田中紀子合著. -- 新北市 : 哈福企業有限公司, 2023.10
面 ; 公分. -- (日語系列 ; 31)
ISBN 978-626-97451-7-3(平裝)

1.CST: 日語 2.CST: 會話

803.188 112013487

免費下載QR Code音檔
行動學習，即刷即聽

世界最簡單 日語短句

（附 QR Code 行動學習音檔）

作者／朱燕欣 · 田中紀子
責任編輯／ Lilibet Wu
封面設計／李秀英
內文排版／ 林樂娟
出版者／哈福企業有限公司
地址／新北市淡水區民族路 110 巷 38 弄 7 號
電話／ (02) 2808-4587
傳真／ (02) 2808-6545
郵政劃撥／ 31598840
戶名／哈福企業有限公司
出版日期／ 2023 年 10 月
台幣定價／ 349 元（附 QR Code 線上 MP3）
港幣定價／ 116 元（附 QR Code 線上 MP3）
封面內文圖 / 取材自 Shutterstock

全球華文國際市場總代理／采舍國際有限公司
地址／新北市中和區中山路 2 段 366 巷 10 號 3 樓
電話／ (02) 8245-8786
傳真／ (02) 8245-8718
網址／ www.silkbook.com 新絲路華文網

香港澳門總經銷／和平圖書有限公司
地址／香港柴灣嘉業街 12 號百樂門大廈 17 樓
電話／ (852) 2804-6687
傳真／ (852) 2804-6409

email ／ welike8686@Gmail.com
facebook ／ Haa-net 哈福網路商城